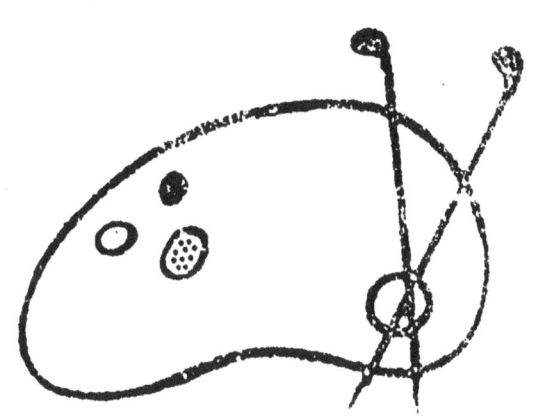

Début d'une série de documents
en couleur

COUVERTURES SUPERIEURE ET INFERIEURE D'IMPRIMEUR.

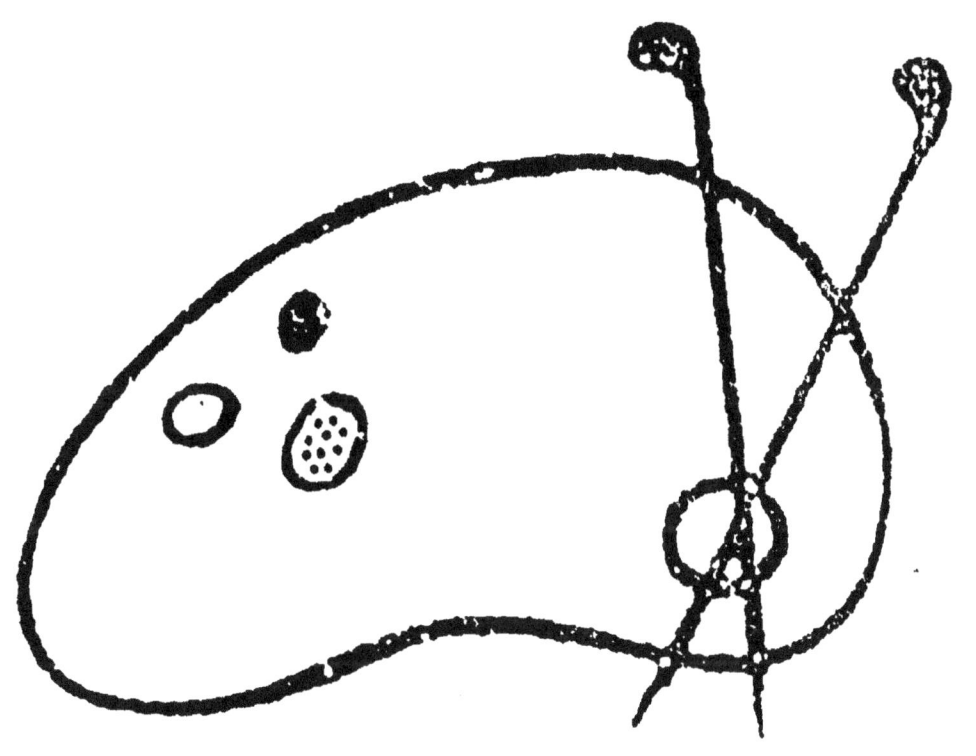

Fin d'une série de documents
en couleur

LES BANDITS EN ESPAGNE

3e SÉRIE IN-32

LES
BANDITS EN ESPAGNE

PAR

BÉNÉDICT-HENRY RÉVOIL

LIMOGES

EUGÈNE ARDANT ET Cⁱᵉ, ÉDITEURS

LES

BANDITS EN ESPAGNE

Tous nos lecteurs ont entendu parler de Barcelone, capitale de la Catalogne, l'une des provinces les plus riches, les plus peuplées, les plus belles et les plus industrielles de l'Espagne. Barcelone est digne d'occuper ce haut rang qu'elle a enlevé à Tarragone la Superbe. L'origine de Barcelone remonte à deux siècles et demi avant l'ère chrétienne et son nom lui vient de la famille carthaginoise de Barca, — d'où *Barcina*, — dont Hamilcar, père d'Annibal, était le chef.

S'appuyant aux Pyrénées et formant ainsi une des parties les plus septentrionales de l'Espagne, la Catalogne est une des provinces de l'Espagne dont l'histoire offre le plus de variété et d'intérêt. De la domination carthaginoise, elle passa sous celle des Romains qui la gardèrent très long-temps.

Mais enfin chassés par les Goths, les fils des Césars durent abandonner leur conquête, laquelle à son tour passa sous les fourches caudines de l'Italie, des Scandinaves, des Asiati-ques et des Africains, tous maîtres passagers d'un territoire qu'ils se dis-putaient avec acrimonie. La Catalogne devint enfin la propriété des Arabes, après la bataille de Xérès la Frontera ; mais le règne de ces nouveaux domi- nateurs ne fut pas de longue durée. La bataille de Podiera fit reculer l'in- vasion arabe qui, après avoir repassé les «marches» des Pyrénées, fut refou- lée jusque vers le midi de l'Espagne. Charles Martel avait arrêté le progrès des Maures en France et ce fut encore un prince de sa race qui leur enleva la Catalogne.

Bientôt, après cette délivrance du joug arabe, les Catalans conquirent la

Sicile et la Sardaigne, luttèrent avec l'empire d'Orient et s'emparèrent d'une partie de la Grèce. C'est à ce contact, sans doute, que ces peuples furent les rivaux des Maures qui répandirent la civilisation de l'autre côté de l'Espagne.

Les Catalans furent souvent en lutte avec leurs souverains particuliers et la couronne d'Espagne à laquelle ils furent enfin rattachés. Toutes les commotions qui ébranlèrent l'Espagne eurent dans la Catalogne plus de retentissement que partout ailleurs, et au XIXe siècle, de nos jours, les *pronun-ciamentos* politiques qui agitent la Péninsule y font toujours fermenter les passions populaires avec une extrême énergie.

Barcelone a été le champ de bataille où se sont décidées toutes les guerres dans lesquelles la Catalogne s'est trouvée engagée. Cette ville a soutenu plusieurs sièges dont le plus renommé est celui de 1714, qui fut mis devant cette place par le duc de Berwick à l'époque de la guerre de Succession.

L'Espagne s'était soumise à Philippe V et cependant Barcelone tenait encore pour Charles VI, empereur d'Allemagne.

Barcelone est assise sur le bord de la mer, dans une position extrêmement favorable. Les maisons de la ville sont généralement très bien alignées et leur aspect est un peu mauresque.

La vieille ville est très pittoresque. La cathédrale, qui date de la fin du xiii° siècle, est d'un gothique simple et hardi. On y remarque une crypte très ancienne, où se trouve, dans un mausolée d'albâtre, les reliques de sainte Eulalie, martyrisée sous Dioclétien. La Bourse, bâtie sous le règne de Charles III, se distingue par une noble simplicité; l'Hôtel-de-Ville, par son architecture élégante, et la Douane par la richesse des matériaux employés pour sa construction. Mais le travail le plus important que l'on admire à Barcelone, c'est la digue — *la muraille de la mer* — destinée à défendre le port contre les ensable-

munts. En somme, Barcelone est une
des fortes places de l'Espagne.

Barcelone compte plusieurs manu-
factures de draps, de velours, d'étoffes
de laine, de soieries, de toiles peintes,
d'armes à feu, d'armes blanches, et,
malgré les difficultés de son port, que
les rivières Lobregat et Bessos encombrent de sable, malgré la muraille de
la mer qui resserre l'entrée de ce refuge maritime, plus de deux mille
navires encombrent annuellement son
port. Le mouvement maritime, com-

mercial et industriel, appelle si conti-
nuellement la population dans Barcelone, et la ville renferme en elle-même
tant de conditions de prospérité, que
malgré les désastres que la guerre
civile et la guerre étrangère ont fait
peser sur elle depuis le commence-
ment d'un siècle, malgré les horribles
ravages que la peste y fit en 1821, elle
compte plus de 200,000 habitants.

Barcelone est le refuge de tous les
déclassés de l'Espagne et par consé-
quent on peut dire qu'il se trouve

dans cette ville un noyau de gens capable de toutes les entreprises audacieuses, de tous les coups de main énergiques, de toutes les conspirations ayant un but politique ou particulier.

Dans ce dernier genre, on peut citer l'agression à main armée dont viennent d'être victimes les voyageurs qui avaient quitté Barcelone dans la nuit du 6 au 7 juin, en route pour se rendre à Perpignan.

L'express parti à dix heures vingt-cinq minutes du soir allait sortir de la station de San-Padrès, un des faubourgs de Barcelone situé à 13 kilomètres de la mer, quand, au grand étonnement des voyageurs, la machine ralentit sa marche et s'arrêta sans cause connue.

Les voyageurs ne savaient que penser de ce retard inexplicable et inexpliqué, lorsqu'une femme exprima tout haut sa pensée qu'il se pourrait bien que des voleurs eussent arrêté le convoi.

Hélas ! rien n'était plus vrai, car au même instant une voix du dehors cria aux passagers en pur catalan :

— Déposez vos armes immédiatement. Celui sur qui j'en trouverai, je lui brûlerai la cervelle.

Et sans donner le temps d'exécuter cet ordre un individu habillé convenablement en ouvrier, foulard autour de la tête, revêtu d'une blouse bleue, le visage recouvert d'un masque noir, se précipita vers le premier wagon, armé d'un de ces fameux *trabucos* à

2

gueule évasée, de sept à huit centi-
mètres de diamètre, et prêt à faire feu
sur le premier récalcitrant.

— Remettez-moi votre argent, vos
bijoux et tous les objets de valeur que
vous possédez, dit alors le bandit aux
voyageurs, et surtout ne cachez rien,
car je vais vous fouiller et celui sur
qui je trouverai la moindre chose sera
aussitôt passé par les armes.

L'on s'imaginera sans peine quelle
fut la terreur des personnes qui se
trouvaient dans le convoi ; les femmes,

les enfants poussaient les hauts cris; les hommes n'osaient bouger.

Au même instant, une cinquantaine d'hommes s'étaient précipités comme un ouragan, armés de poignards et de revolvers, sur les marchepieds, avaient ouvert les portes et se précipitaient dans l'intérieur des wagons.

Quelques coups de feu avaient d'abord été tirés en l'air, et les voyageurs ayant mis le nez aux portières avaient pu à peine se rendre compte de ce qui se passait, tant la nuit était

sombre. L'on ne distinguait réellement rien dans la campagne endor-
.nie.

Enfin on se rendit compte de la si-
tuation. Toute velléité de résistance
était impossible, car chaque wagon
était gardé soigneusement par les
bandits. Il ne restait qu'à s'exécuter.
Argent, montres, bijoux, menus objets de valeur, ils exigeaient tout,
la menace à la bouche. Aux yeux de
ceux qui faisaient les récalcitrants,
ils faisaient briller l'acier de leurs
armes.

« Pour moi, dit un des témoins de
la scène, je me vis forcé de remettre
au bandit qui se présenta comme le
«fouilleur » et le «caissier» de la
bande, ma bourse et celle de ma nièce
qui contenaient trois cents francs. Ce
qui n'empêcha point que je fusse
fouillé avec le plus grand soin. Comme
il me restait au fond de la poche de
mon gilet huit *cuartos* (4 sous) dont
je n'avais pas cru devoir faire offrande
au bandit « dévaliseur », je fus fort
malmené et celui-ci me dit, quand je
réclamai près de lui, « que je pourrais

bien me faire prêter de l'argent par mes amis ou mes parents. »

« J'eus beau lui assurer que je conservais cette menue monnaie pour prendre un verre d'anisette, afin de me remettre de la frayeur que j'éprouvais en ce moment, le voleur répliqua qu'il n'entrait pas dans ces détails et qu'il lui fallait beaucoup d'argent pour payer sa troupe. »

Après les hommes, on fouilla les femmes, moins sérieusement peut-être.

qu'on avait fait pour leurs mar:s, puis on visita les bagages.

Le pillage dura une heure et quart et il se fit sans précipitation, avec une méthode toute particulière.

Enfin un coup de pistolet retentit au loin, — un signal sans doute, — car toute la bande s'empressa de déta-ler, en abandonnant, à regret sans doute, un wagon de première classe où il comptait faire une riche cap-ture.

Vers une heure et demie du matin,

le train allégé de tout ce qu'il avait d
valeurs rétrogradait vers Barcelon
et rentrait dans la gare de cette ville,
au grand ébahissement des chefs de la
station et de leurs employés.

Il paraît que pour mener à bien
leur entreprise les bandits espagnols
s'étaient emparés du garde de la voie
et, après lui avoir garrotté les pieds
et les mains, l'avaient attaché à un
poteau, puis ils avaient mis en évi-
dence le fanal vert, indicateur d'un
danger sur la ligne.

En présence de ce signal, le mécanicien avait naturellement ralenti la
marche du convoi et les bandits
avaient pu se jeter sur le tender,
s'emparer du mécanicien, le mainte-
nir, le garrotter et procéder aux autre
arrestations.

Revenus à Barcelone, les volés ap-
prirent de la bouche même du chef de
gare que le train ne repartirait que le
lendemain, et que les billets seraient
valables pour ce second voyage, triste
mais juste consolation après une
aussi fâcheuse mésaventure.

On croirait peut-être que la police, avertie de ce qui venait de se passer, s'émut et se mit en campagne. Point du tout. Il n'y eut pas même un semblant d'enquête. On ne demanda aux voyageurs ni quelles sommes leur avaient été volées, ni quels bijoux avaient été dérobés. On ne prit pas le moindre renseignement qui pût aider à la recherche des bandits.

Seuls, quelques *carabineros* et *guardias* civiles questionnèrent, par simple motif de curiosité, les malheureux

voyageurs afin de connaître les péri-
péties du drame, et pour pouvoir en
colporter les détails à la caserne ou
aux cafés de la ville.

Du reste, ce n'est pas la première
fois que pareil fait se présente en Espagne. En 1869, un train fut arrêté à
la station de Beatin, sur la ligne d'Irun
à Madrid, et les choses se passèrent
absolument de la même façon. Il paraît que ces arrestations à main armée sont stéréotypées dans la Péninsule, aussi bien que dans toutes les

parties du monde. Si ce ne sont pas les mêmes hommes, ce sont les mêmes moyens.

Un masque sur le visage, des *trabucos* ou des revolvers, un coup de main hardi sur les employés d'une station, afin d'arrêter le train, ou bien des billes de bois placées en travers sur les rails pour faire démarrer les roues, la farce est jouée !

Après cela, il ne faut plus que de l'audace et, le diable aidant, messieurs les bandits, à quelque nationalité qu'ils appartiennent, n'en manquent pas.

C'est égal : aux Espagnols le pom- pon ! Ils sont passés maîtres dans ces jeux de hasard !

L'ATTAQUE DU COURRIER

EN CALIFORNIE

———

Avant l'exploitation du chemin de fer du Pacifique, qui traverse le grand désert américain, les sierras et les Montagnes Rocheuses, pour conduire les voyageurs à San - Francisco, ce n'était pas chose facile que de se rendre de si loin aux rives de la mer bordant les côtes californiennes d'un côté et le Japon de l'autre.

Les plus hardis se réunissaient en caravanes, et, montés sur des chevaux solides, emportant avec eux leurs provisions, leurs tentes, leurs munitions, dans un ou deux chariots, se lançaient à l'aventure, se guidant seulement par la boussole pour diriger leur marche.

D'autres, plus douillets, ou bien désireux de s'éviter bien des fatigues, cherchaient à trouver une place dans le courrier qui partait de Saint-Louis toutes les semaines et emportait les lettres qu'il trouvait d'abord à la porte de la ville, puis qu'il ramassait sur son chemin, en distribuant celles qu'il avait à remettre en passant.

Ce « courrier » était une vieille chaise de poste, qui avait dû servir pendant les guerres de la fin du siècle dernier, et dont la forme surannée rappelait le xviiie siècle. Sa forme rococo, son ventre énorme, la malle ou plutôt le coffre attaché par derrière par des courroies, et cadenassé, tout rappelait le véhicule que la plupart de nos lecteurs ont vu fonctionner et circuler sur le théâtre de la Gaité, il y a quelques années, dans ce drame émouvant que l'on appelait *le Courrier de Lyon*. Sur le devant de la voiture, un siége servant au conducteur, homme d'énergie s'il en fût, qui conduisait les chevaux de relais, distribuait et recevait les paquets de lettres et qui, armé jusqu'aux dents, suivant l'expression vulgaire, était toujours

3

prêt à se défendre contre les attaques des bandits qui peuplaient le Far-West! ou les Indiens rebelles, qui ne valaient pas mieux que ces *Outlaws*.

En 1871, un de ces courriers, nommé Watkins, partit, un matin du mois de septembre, de Saint-Louis, emmenant avec lui deux voyageurs, le premier nommé Silas, jeune homme de dix-huit ans attaché à l'hydrographie du gouvernement, le second, qui s'appelait Thémistocle Marwyc, *attorney at law*, notaire qui, comme

le disait autrefois Arnal dans un vau-
deville très amusant, dont lo titre
nous échappe, *voyageait pour son agré-
ment.*

La première partie du voyage fut
très intéressante pour les deux camarades de route de Watkins, lequel se
plaisait à raconter à ses *fellow compa-
nions* des faits personnels qui étaient
survenus pendant ses divers voyages,
qui leur nommait les sites pittores-
ques que l'on trouvait sur le parcours
et qui, enfin, s'ingéniait à leur rendre

les fatigues du voyage les plus dou-
ces possible.

Quand la nuit venait, les trois ex-
cursionnistes s'arrêtaient à certaines
« *log cabins* » où étaient placés les
relais : bien accueillis par les pionniers
établis dans ces parages, qui leur of-
fraient le meilleur repas possible. Et
le lendemain, dès l'aube, ils remon-
taient dans leur voiture pour continuer leur route, qui leur offrait, à
chaque pas, des étonnements nouveaux.

Le plus difficile de tous les incidents du voyage était celui de la traversée des courants d'eau. Si leur niveau était, comme à l'ordinaire, dans l'état habituel, tout allait bien : Wa kins, connaissait les endroits où le lit de la rivière ou du fleuve était guéable, et le véhicule arrivait sans encombre sur l'autre bord. Mais si, par cette fatalité si fréquente dans le désert américain, la « creek » était gonflée par les pluies ou les orages terribles qui se répètent si souvent dans ces parages lointains, il fallait camper et attendre le bon vouloir du courant, qui disparaissait peu à peu, avec autant de rapidité qu'il était venu.

Certain soir, à l'entrée des passes, ou plutôt des canons des Montagnes Rocheuses, la malle-poste s'arrêta pour passer la nuit dans une habitation importante, habitée par une famille de courageux Irlandais, qui avaient trouvé un site des plus réussis et s'en étaient emparés, pour prospérer et y faire fortune. Tout souriait à leurs désirs, tout était à la hauteur de leur ambition; il n'y avait qu'un point noir dans leur horizon : la présenced'une troupe d'Indiens Soshones, cruels et audacieux, incivilisables et se refusant à tout traité de paix avec ceux qu'ils appelaient les envahisseurs du territoire de leurs pères.

Leur chef Tarry-a-a, un colosse pour la taille, un ours grizzly pour la force, avait particulièrement voué une haine impérissable au père de la famille Macpherson à qui, certain jour, il avait demandé tout simplement sa fille ainée en mariage.

Il va sans dire que Pat et Noémi avaient refusé, l'un de sacrifier son enfant, l'autre d'unir sa destinée à un sauvage qui lui offrait pour tout avantage une vie nomade, une affection brutale et des mauvais traitements quand il aurait cessé d'aimer celle dont il ambitionnait alors la main.

Pat Marpherson, après ce refus formel, s'était vu obligé d'entourer sa ferme d'une fortification semblable à celle de nos Vaubans modernes : sauts de loup, chevaux de frise, palissades.

contrescarpes, tout avait été employé
par le père de famille et ses deux fils,
afin de rendre leur demeure impre-
nable et pour repousser les attaques
de leurs ennemis.

A l'un des angles de l'habitation,
lequel dominait le paysage, ils avaient
bâti une sorte de tourelle qui servait
de guérite à un veilleur, de telle façon
que la ferme de Culloden pouvait
défier toutes les attaques des Soshones. Chaque homme du défrichement
à tour de rôle, passait la nuit dans

cette casemate et, au moindre soupçon de danger, donnait l'alarme à ceux qui dormaient.

Deux nuits avant celle où Watkins et ses camarades de route vinrent s'arrêter à Culloden, Henry Macpherson, qui passait la nuit dans la guérite, avait aperçu à cent mètres de la maison, des corps qui rampaient par terre et se dirigeaient vers la ferme.

Après avoir bien examiné ce qui l'étonnait et l'effrayait à la fois, Henry se convainquit qu'il n'avait nullement devant les yeux un troupeau de loups, mais bien une vingtaine d'Indiens qui, suivant leur habitude, s'avançaient à la façon des serpents, s'imaginant ainsi mieux arriver à leur fin.

— Ces affreux Peaux-Rouges ne me savaient pas là, ajouta le fils de Pat en achevant son récit à ses hôtes. Dès que j'ai compris que j'avais affaire à ces damnés, j'ai donné le signal d'alarme. Mon père, mes deux frères et mes trois sœurs sont accourus tous armés, et nous avons pris chacun notre poste, attendant le moment favorable pour agir. Dès que le chef des maudits Soshones a donné le signal de l'attaque, nous nous sommes levés et, bien abrités par nos remparts, nous avons fait feu en visant chacun un Indien. Naturellement ceux-ci ont riposté, mais nul de nous n'a été blessé tandis que nous leur avons tué sep- hommes. La bataille a duré de deux heures du matin à l'aube.

— Et j'ajouterai, fit le vieux Pat,

que l'infernal Tarry-a-a m'a crié
de sa voix gutturale, en s'éloignant :

— Nous nous reverrons ! et plutôt
que tu ne le penses, vieux Pat.

—J'avoue, continua le brave homme,
que cette menace ne m'effraya point ;
mais la présence de ce hardi coquin
me chiffonne : elle interrompt les tra-
vaux de nos champs, car nous n'osons
plus sortir hors de nos palissades à
plus de deux ou trois portées de fusil.
Je ne pense pas qu'il soit bien prudent
à vous maître Watkins, d'emmener

ces deux étrangers sur votre route :
mieux encore, il est imprudent de
vous éloigner. Les Soshones pourraient
vous attaquer, et, comme ils sont
plus nombreux, faire un mauvais
parti aux gentlemen et à vous-même.

— Ne craignez rien, mon ami, répliqua le courrier, ces deux gentlemen et moi nous avons de bonnes
armes et des munitions suffisantes
pour anéantir une tribu de Peaux-
Rouges, quels qu'ils soient, Comanches
ou Soshones.

Le lendemain, dès la pointe du jour, Watkins attela les chevaux à la malle-poste et, après avoir dit adieu à ses amis Macpherson, les trois voyageurs se remirent en route.

Il était sept heures du matin quand la voiture pénétra dans le canon de Pacific-Spring. La route cahotante était libre, et nulle part on n'apercevait la moindre trace des ennemis des blancs. Les murs de pierre, qui se dressaient des deux côtés comme des parois géantes, se terminaient enfin abruptement à l'entrée d'une vallée dont les bords semblaient défendus par une forêt de sapins et d'arbres verts.

Au moment où la malle-poste débouchait au milieu du bois, sept Indiens armés en guerre, pourvus de tomahawks, de lances et de haches, s'élancent, les uns à la tête des chevaux, les autres aux portières de la voiture en poussant des cris terribles qui répondaient à cette syllabe : Whooop, whooop, répétée sur tous les tons.

— Mort! tue! n'en manquez pas un, s'écria Watkins, dès qu'il se vit ainsi entouré.

Et à coups de revolver il étendit par terre le plus audacieux de ces coquins, qui roula sur le sol dans les convulsions de l'agonie. Watkins s'était emparé du sac des dépêches et courait à pied en suivant les deux chevaux dételés, sur lesquels MM. Silas et Marwyn étaient montés.

— Mort! tue! mort! vociférait le

4

courrier, qui, à chaque coup, étendait
un Indien par terre.

De leur côté, les deux voyageurs
armés l'un d'un sabre, l'autre d'un
colt à double détente, se démenaient
comme deux diables, et leurs coups
étaient des coups de maîtres.

Des sept Peaux-Rouges Soshones,
un seul restait debout qui poursuivait
les trois compagnons et tenait pied
aux chevaux.

— Il faut encore nous débarrasser
de celui-là, fit Silas en s'adressant à

les deux amis. Tant pis pour lui ! puisqu'il veut mourir, il mourra.

Tout en parlant de la sorte, le courageux hydographe visa son ennemi au front et lui fit sauter la cervelle.

—*Hell ! and damnation* ! eut encore le temps de s'écrier le moribond en se débattant par terre.

— Mais c'est un faux Indien ! s'écria Watkins ; je m'en étais douté. Le maudit n'a pas les pommettes des joues saillantes comme les autres. Voyez, ajouta-t-il, en posant sa main

sur la figure du cadavre, il déteint.
Ah! je vois ce que c'est ; cet homme
est un de ces malheureux mis au ban
de la loi, qui, traqués, chassés de la
société, se réfugient parmi les Peaux-
Rouges, qui les acceptent et les pren-
nent souvent pour chefs.

— Vous avez raison, mon cher
courrier, fit M. Marwyn qui, après
avoir fouillé le mort, retirait de l'une
des poches de son vêtement un por-
tefeuille dans lequel il trouva des pa-
piers propres à prouver l'identité du
bandit.

— En croirai-je mes yeux ? s'écria-t-il enfin. C'est Bill Moore, le célèbre meurtrier, condamné à être pendu par la dernière *court of session* de la Virginie. J'étais un des jurés et je le reconnais à cette heure.

— Laissez-là cette charogne, répliqua Watkins. Il faut nous hâter de retourner à la ferme de Macpherson, de crainte que le reste de la tribu des Soshones ne nous tombe sur les bras.

— Vous avez raison, mon cher Watkins. En route !

Quelques heures après, les voyageurs arrivaient à leur destination, au grand étonnement des fermiers, qui ne comprenaient point ce retour inopiné.

Dès qu'on leur eut donné toutes les explications sur l'événement, Pat Macpherson s'écria :

— Savez-vous ce que je pense ? Le dernier Peau-Rouge que vous avez mis à mort, c'est Tarry-a-al — J'en mettrais ma main au feu.

Le bon Irlandais ne s'était pas

trompé. Le lendemain, lorsque les trois voyageurs revinrent avec les fermiers sur le lieu de la scène terrible dont nous avons raconté les différents actes, ils retrouvèrent le cadavre, qui fut reconnu pour celui de l'homme qui avait voulu devenir le gendre de Macpherson.

Les Soshones, ayant perdu leur chef, s'étaient éloignés. On ne les revit plus dans ces parages.

La malle-poste était intacte, si bien qu'en rattachant les traits Watkins put continuer sa route et emmener les deux voyageurs.

Trois jours après, les voyageurs arrivaient à San Francisco.

FIN DES BANDITS EN ESPAGNE.

LE RAMONEUR

(**Extrait** de *l'Ami des enfants.*)

Une servante imbécile avait farci l'esprit des enfants de ses maîtres de mille contes ridicules sur un homme à tête noire.

Angélique, l'une de ces enfants, vit un jour, pour la première fois, un ramoneur entrer dans la maison. Elle poussa un grand cri, et courut se refugier dans la cuisine. A peine s'y fut-elle cachée, que l'homme noir y entra sur ses pas.

Saisie d'une mortelle frayeur, lle se sauve par une autre porte dans l'office, et toute tremblante se tapit dans un coin. Elle n'était pas encore revenue à elle-même lorsqu'elle entendit l'homme effrayant chanter d'une voix tonnante, en râclant à grand bruit les pierres de l'intérieur de la cheminée.

Dans un nouvel effroi, elle s'élance de l'endroit où elle était cachée, et sautant par une fenêtre basse dans le jardin, elle court à perte d'haleine vers le fond du bosquet, et tombe presque sans mouvement au pied d'un gros arbre. Là, d'un œil effaré, elle n'osait qu'à peine regarder autour d'elle ; tout-à-coup, sur le haut de la cheminée, elle vit encore s'élever l'homme noir.

Alors elle se mit à crier de toutes ses forces: Au secours! au secours! Son père accourut, et lui demanda ce qu'elle avait à crier. Angélique, sans avoir la force d'articuler un seul mot, lui montra du bout du doigt l'homme noir assis à califour- chon sur la cheminée.

Son père sourit; et pour prouver à la petite fille combien peu elle avait raison de s'effrayer, il attendit que le ramoneur fût descendu, puis il le fit débarbouiller en sa pré- sence, et sans autre explication, lui montra de l'autre côté son perruquier qui avait le visage tout blanc de poudre.

Angélique rougit, et son père profita de cette occasion pour lui apprendre qu'il existait réellement des hommes à qui la nature donnait un visage tout noir, mais qui n'étaient point à craindre pour les enfants; qu'il y avait même un pays où les enfants étaient communément nourris par des femmes noires comme du jais, sans que leur teint perdît sa blancheur.

Dès ce moment, Angélique fut la première à rire de tous les contes bizarres que des personnes simples et crédules lui faisaient pour l'effrayer.

FIN.

TABLE

—

FIN DE LA TABLE.

LIMOGES. — Imp. E. Ardant et Cᵉ

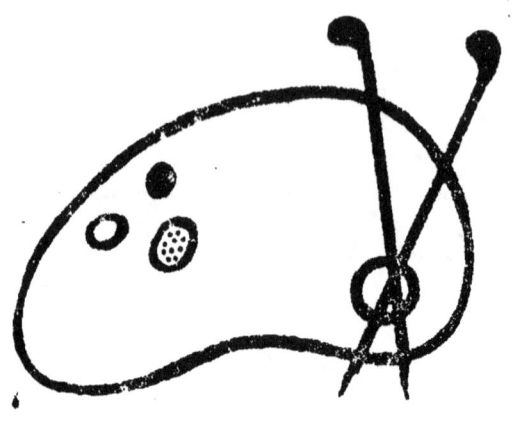

I

www.ingramcontent.com/pod-product-compliance
Lightning Source LLC
Chambersburg PA
CBHW060807180626
46818CB00002B/736